BEISSIER

Contes à Simonne

Hachette et Cᵢₑ

  Hachette et Cⁱᵉ

Charmé et surpris, il leva la tête et écouta (p. 22).

BIBLIOTHÈQUE
DES ÉCOLES ET DES FAMILLES

CONTES A SIMONNE

LA REVANCHE DE LA CIGALE
LE SULTAN ABD-ALLAH — LES FLEURS DE FRANCE
LES ROIS MAGES
LE REQUIEM DE LA ROSE

PAR

FERNAND BEISSIER

PARIS
LIBRAIRIE HACHETTE ET Cⁱᵉ
79, BOULEVARD SAINT-GERMAIN, 79

1891

CONTES A SIMONNE

LA

REVANCHE DE LA CIGALE

I

La fourmi avait chassé la cigale.

Brusquement, elle avait fermé sa porte, poussé les verrous, et, tandis qu'elle se remettait à compter les grains de blé amassés prudemment pour la saison d'hiver, la pauvre petite chanteuse restait là devant la porte close, des larmes plein les yeux et le cœur bien gros. Machinalement, soufflant dans ses petites pattes bleuies par le froid, elle répétait les dernières paroles de la fourmi :

> Vous chantiez, j'en suis fort aise.
> Eh bien, dansez maintenant.

Et la neige s'était mise à tomber; le vent sif-
flait à travers les branches sèches, auxquelles il
ne restait pas même une feuille jaunie. De-ci
de-là, quelques nids vides s'apercevaient encore.
Les hirondelles étaient parties depuis longtemps;
elles s'en étaient allées, là-bas, par delà les mers,
chercher des fleurs et du soleil. Et la cigale se
rappelait maintenant qu'elles lui avaient pro-
posé de l'emmener, et que longuement elles lui
avaient parlé de ces pays inconnus, où les arbres
étaient toujours verts et le ciel toujours bleu.
Mais ses ailes étaient trop faibles; jamais elle
n'aurait pu aller si loin. Et puis, elle aurait eu
grand'peine à quitter ce cher pays où elle avait,
durant tout cet été, si gaiement vécu et si joyeusement chanté. Qu'avait-elle à craindre d'ailleurs? Elle trouverait toujours un coin pour
abriter sa tête et y attendre le printemps prochain.
Elle avait tant d'amis, et elle tenait si peu de
place! Et voilà que la fourmi, sa voisine, la mettait à la porte, sans se soucier de ce qu'elle
deviendrait, sans plus se souvenir du temps passé,
où, comme les autres, elle applaudissait ses chansons. Et même, elle se moquait d'elle.

C'est vrai qu'elle avait chanté tout l'été, tandis
que les autres travaillaient; mais le travail ainsi
ne leur était-il pas plus facile? La chanson, c'est
souvent la richesse et la gaieté du pauvre. Puis,
quand, le soir, lassés, ils se reposaient tous au
bord de l'eau claire d'un ruisseau voisin, entre les

brins d'herbe verts, à côté des violettes ou au pied des roses, elle chantait encore pour les distraire et charmer leur repos. Elle vivait de ce que les uns et les autres lui donnaient, et plus d'une fois même, elle avait partagé avec plus pauvre qu'elle son frugal repas.

Aujourd'hui l'ingratitude et l'oubli étaient sa récompense. Elle devait mourir ou de faim ou de froid. Et elle pleurait, plus triste encore peut-être de ses illusions envolées que de la conduite de la fourmi à son égard. Elle croyait n'avoir que des amis. — C'était fini maintenant. Si la fourmi lui fermait sa porte, sûrement les autres lui fermeraient aussi la leur. Elle n'avait donc plus qu'une chose à faire : se coucher au bord du ruisseau, sur le gazon jauni, au pied des grands arbres sur lesquels elle avait vécu et chanté. La neige, en tombant, la couvrirait; et sous son linceul blanc elle s'endormirait pour toujours. Quand les hirondelles reviendraient, si elles demandaient par hasard des nouvelles de leur amie de la saison dernière, peut-être qu'un brin d'herbe épargné par le froid leur raconterait comment elle était morte. — Et ainsi qu'elle l'avait décidé, sans un mot de reproche, sans un cri de colère, doucement elle s'étendit au bord du ruisseau. Elle replia ses ailes, croisa sur sa poitrine ses petites pattes; et elle attendit.

La neige tombait, tombait toujours — et bientôt, sous ses légers flocons, la cigale disparut;

si bien qu'il eût été impossible maintenant de
trouver l'endroit où elle reposait.

Comme un immense tapis de laine blanche, la
neige s'étendait, et, par instants, un soleil rouge
l'éclairait de pâles et étranges rayons.

II

Mais la cigale n'était pas morte. Elle dormait.
Elle dormait sous la neige; elle rêvait. Sa petite
âme vagabondait joyeuse à travers de beaux
songes bleus pleins d'oiseaux et de fleurs, et s'en
allait courir de mystérieux paradis, où plus on
ne voyait de feuilles mortes et de nids vides.

Elle dormit ainsi longtemps, si longtemps, que
l'hiver finit, que la neige disparut et que, sous
les brins d'herbe, les premières violettes commen-
cèrent à se montrer.

Et, sous un chaud rayon de soleil, un beau
matin, la cigale se réveilla.

Se frottant les yeux, regardant tout autour
d'elle, elle crut d'abord que c'était son rêve qui
continuait.

Puis, se redressant, secouant ses ailes, elle resta
toute surprise. Tous ses anciens amis étaient là,
et les choses, autour d'elle, se retrouvaient telles
qu'elle les avait laissées.

Le long des branches couraient les mêmes

La cigalo replia ses ailes et attendit.

feuilles vertes: sur les rosiers, les mêmes roses
s'étalaient. L'eau claire coulait de nouveau dans
le petit ruisseau, qui roulait, comme jadis, ses
jolis cailloux , miroitant au soleil comme des
perles blanches.

Plus aucune trace de cette neige qui lui avait
donné si froid et si faim, et sous laquelle pourtant
elle se rappelait vaguement s'être couchée, le
soir, pour y mourir.

Le ciel était bleu, tacheté de-ci de-là de nuages
blancs que le vent poussait, un petit vent qu'elle
connaissait bien, et qui courait, le matin, les
plaines parfumées. Par bandes, ses amies les
hirondelles arrivaient, saluant tout le monde de
leurs joyeux cris; les oiseaux, du bec et des pattes,
remettaient à neuf leurs anciens nids, et les papillons blancs jouaient au-dessus des marguerites,
avec les longues demoiselles au fin corsage, qui
montaient dans l'air, les ailes étendues.

Elle avait donc rêvé?

Il lui semblait pourtant bien se rappeler qu'elle
était venue frapper à la porte de la fourmi, demandant timidement

un morceau
De mouche ou de vermisseau,

et que l'autre l'avait chassée, lui reprochant de ne
pas avoir su mettre de côté, durant l'été, quelques
grains de blé pour subsister. Mais non ! Tout cela
n'était qu'un mauvais songe. Est-ce qu'il était

possible qu'il y eût des gens assez méchants pour laisser mourir de faim ceux qui ne sont coupables que d'imprévoyance ou d'oubli? Elle s'était tout simplement endormie la veille et elle se réveillait.

Et, joyeuse, la cigale ouvrit ses ailes et s'envola. Sur le tronc moussu d'un vieil ormeau elle avait reconnu son ancienne place; et tout aussitôt elle se remit à chanter.

III

Mais voilà qu'un soir, au clair de lune, la cigale, avant de s'endormir, comptait la recette du jour.

Son escarcelle était pleine; jamais elle n'en avait vu autant. Si bien qu'elle se disait que jamais, à elle-seule, elle ne parviendrait à dépenser tout cela.

Et il y en avait pourtant qui, à cette heure, se couchaient sans souper; elle le savait par expérience, car souvent on frappait à sa porte, et elle n'était jamais aussi heureuse que lorsqu'elle donnait. C'est si bon de s'aider les uns les autres! Et d'ailleurs qu'était-ce la vie, sinon le partage entre ceux qui ont et ceux qui n'ont pas! L'aide va des uns aux autres; et peut-être qu'en cherchant bien chacun dépend d'un plus petit que soi, dont point 1 ne se doute.

Notre cigale donc comptait sa recette; mais

elle prêtait en vain l'oreille; personne, ce soir, ne viendrait; aucune voix ne l'appelait.

Tous dormaient.

Les fleurs avaient déjà leurs corolles closes; les oiseaux, la tête sous l'aile, roulés en boule, reposaient derrière les feuilles ou au fond des nids. Le vent s'était tu; le ruisseau, au bas de l'arbre, coulait toujours, dessinant sous la lune comme une longue traînée d'argent.

Une à une les étoiles s'allumaient, semant le ciel d'une poussière d'or. Seules, dans la plaine, là-bas, des grenouilles coassaient. La cigale préparait son lit, un petit lit de feuilles sèches, amassées dans la crevasse moussue d'une vieille branche, quand tout à coup il lui sembla qu'on l'appelait.

Elle s'arrêta surprise, prêtant l'oreille.

Elle ne se trompait pas, c'était bien elle qu'on appelait. Une voix triste et suppliante montait du pied de l'arbre et doucement demandait, comme avec crainte : « Êtes-vous là, cigale, ma mie? »

La cigale s'avança et regarda. La lune en cet instant éclairait en plein le vieil ormeau. Surprise, elle se recula tout d'abord, n'osant en croire ses yeux. Mais elle avait bien reconnu sa tardive visiteuse; c'était la fourmi, la tête basse, comme si maintenant elle n'eût plus osé rencontrer son regard.

Elle ne l'avait plus revue depuis l'été dernier;

et voilà qu'aussitôt le souvenir précis lui revint de ce qu'elle croyait encore avoir été un rêve.

« Que demandez-vous? » fit-elle.

La fourmi poussa un gros soupir.

« J'ai grand'faim », finit-elle par murmurer, mais si bas, si bas, qu'à peine l'autre l'entendit.

« Faim! » reprit la cigale étonnée.

Si elle s'était doutée qu'un malheureux dût ce soir-là frapper à sa porte, ce n'était certes pas à la fourmi qu'elle aurait songé.

« Oui, répondit l'autre comme honteuse, j'ai grand'faim. J'avais cet hiver.... »

La cigale tressaillit. Il y avait donc eu un hiver!

« J'avais cet hiver, continua la fourmi, rempli mon grenier; et, quand la belle saison est venue, il m'en restait encore assez pour me permettre d'attendre que les blés fussent mûrs. J'avais entassé mon petit avoir dans un trou bien caché, et que je croyais solidement construit, établi comme il l'était non loin du ruisseau, où je pouvais ainsi aller boire facilement et sans fatigue. Mais voilà que, ce matin, le ruisseau a subitement grossi, et l'eau, rompant ses digues, a emporté mon grenier et le peu de blé qui y restait encore, de sorte que maintenant je n'ai plus rien et que depuis ce matin je n'ai pas mangé. Alors, ajouta-t-elle, comme avec peine, je me suis décidée à venir frapper à votre porte; on vous dit si bonne, si compatissante,... j'ai pensé que vous ne refuseriez pas de m'aider, malgré....

— Malgré...? demanda la cigale.

— Malgré, reprit l'autre, toute honteuse, avec des larmes plein la voix,... malgré l'accueil que je vous fis cet hiver! »

La cigale avait compris. Elle n'avait pas rêvé. On l'avait véritablement chassée; elle s'était bien endormie sous la neige; mais son sommeil n'avait pas duré qu'une nuit: il avait duré tout un hiver. Elle ne s'était réveillée qu'au printemps. Et tout bas, devinant tout maintenant, elle remerciait Dieu qui permet que, sous la neige, les cigales ne meurent pas, pour qu'elles puissent chanter encore les fleurs et les moissons!

« Oh! fit alors la fourmi, se méprenant sur son silence, soyez sans inquiétude, je vous payerai,

...foi d'animal,
Intérêt et principal. »

La cigale souriait maintenant. C'étaient, elle s'en souvenait, les propres paroles qu'elle avait dites à celle qui l'avait jetée à la porte, mourant de faim et de froid, et qui, par un juste retour des choses d'ici-bas, venait à elle, probablement déjà éconduite par tous; car si on la disait travailleuse, on la savait avare et égoïste. On l'enviait peut-être, mais on ne l'aimait pas.

« Ainsi, vous me refusez? demanda la fourmi, voyant que l'autre ne répondait pas. Vous voulez vous venger?

« Oui », fit la cigale, qui descendit la prendre par la main et l'entraîna chez elle. (Voir p. 16.)

— Oui », fit la cigale, qui descendit la prendre par la main et l'entraîna chez elle. « Et voici comment. Prenez tout ce qu'il vous faut. Vous avez faim; je partage avec vous ce que j'ai; nous sommes quittes. On doit s'entr'aider ici-bas, car chacun a sa tâche à remplir; et vous voyez bien maintenant que mes chansons n'étaient pas tout à fait inutiles, puisque c'est grâce à elles que vous soupez ce soir. »

Ce fut là toute la vengeance de la cigale.

IV

Et comme la fourmi, bien repue, s'en allait, l'accablant de remerciements et de promesses :

« Vous pouvez, ajouta-t-elle, frapper sans crainte à ma porte quand viendra l'hiver. Ma maison sera la vôtre.

— Merci, répondit la cigale. Mais la leçon m'aura profité. Je sais maintenant par expérience qu'en chantant trop l'été, on risque de danser l'hiver. »

LE

SULTAN ABD-ALLAH

Nonchalamment couché sur son palanquin, que portaient sur leurs épaules huit superbes esclaves noirs, nus jusqu'à la ceinture, et le cou cerclé d'un large collier d'or, doucement le puissant sultan Abd-Allah rêvait.

Au-dessus de sa tête, deux autres esclaves, tenant en main de longs éventails faits de plumes de toutes couleurs, les secouaient d'un mouvement lent et régulier. En tête du cortège marchaient les gardes, raides dans leur cuirasse d'or, le sabre au clair ou la lance sur l'épaule; puis venaient les bayadères, la tête voilée, et les derviches, dont le plus vieux portait le livre saint. Le porte-étendard, accompagné des deux écuyers favoris du maître, gardiens de l'armure et du cimeterre du maître, précédait immédiatement le palanquin; et derrière suivaient les musiciens.

Et tandis que les luths et les flûtes chantaient, tandis que le soleil faisait miroiter les casques et les armures, sur les branches des arbres les oiseaux se taisaient, et passaient curieusement leurs petites têtes rondes sous les feuilles vertes, pour mieux voir.

Le sultan Abd-Allah s'ennuyait. Plus rien ne lui plaisait, ni son palais de marbre qui comptait autant de fenêtres que de jours dans l'année, et dans lequel on pénétrait par cent portes d'airain; ni ses jardins merveilleux, où, sous les orangers et les myrtes, coulait une rivière, dont l'eau claire semblait rouler des paillettes d'or, ni son trône d'argent, ni son char d'ivoire sur lequel, aux grands jours, il se montrait au peuple prosterné. Toutes ces choses, dont il avait été si fier autrefois, le laissaient maintenant indifférent.

Des journées entières, il restait sans mot dire, regardant sans voir, écoutant sans entendre, ses danseuses, ses jongleurs ou ses poètes. Puis, parfois, de brusques accès de colère le prenaient; et alors tout le monde avait peur : ses officiers ne lui parlaient qu'en tremblant, et ses esclaves n'osaient même plus lever les yeux sur lui quand il donnait un ordre. En vain il avait cherché des plaisirs nouveaux, consulté ses plus savants derviches; en vain il avait fait la guerre, espérant dans l'ardeur des combats et dans l'enivrement de la victoire voir se calmer, au moins quelques instants, l'ennui qui le minait. Les plai-

sirs n'avaient fait que le lasser davantage ; les
derviches n'avaient su que lui répondre ; et la
guerre, qui l'avait fait pourtant victorieux, ne lui
avait laissé au cœur qu'un dégoût plus vif de
ses jardins silencieux et de ses immenses palais,
qu'il trouvait si vides.

Et le sultan Abd-Allah s'en allait ainsi, nonchalamment couché sur son palanquin au large
dôme d'or.

Tout à coup il fit un signe. Les officiers levè-
rent leur sabre, et tout le cortège brusquement
s'arrêta en face d'un bois de citronniers, plein de
fraîcheur et d'ombres douces.

Sous le bois, entre des violettes et des marguerites, un petit ruisseau doucement chantait, en
roulant sur des cailloux blancs. Le soleil baignait
de rouge et d'or un ciel sans nuages ; mais les
feuilles des arbres poussaient si serrées et si
drues, que ses rayons ne parvenaient à percer
leur toiture parfumée que lorsque, sous le vent,
deux feuilles s'écartaient : alors, comme un éclair
rapide, un rayon passait à travers les branches,
puis s'évanouissait aussitôt comme un diamant
brisé qui s'éparpille.

Les esclaves aussitôt avaient dressé la tente
impériale, et disposé, à l'entrée, un superbe tapis
brodé d'or et d'argent. Mais le sultan, descendu
de son palanquin, avait fait un nouveau signe ;
et les esclaves, surpris, s'étaient arrêtés.

L'envie lui était venue tout à coup de fouler

aux pieds cette mousse verte et ces fleurs, et de tremper ses lèvres dans l'eau claire du ruisseau.

Lentement il allait sous le bois, écartant d'un geste ses gardes et ses officiers. Il voulait être seul; et si douces étaient l'ombre et la fraîcheur des arbres, si limpide était l'eau qui coulait, qu'il sentait comme son cœur se fondre dans un étrange bien-être, et que pour la première fois un peu de son ennui s'en allait. Et, tout en marchant, il se demandait si le bois n'était pas enchanté, s'il n'allait pas trouver, dormant à l'ombre d'un buisson d'églantiers, quelque belle fée blanche, égarée loin du paradis.

Il était bien seul maintenant. Etonnés d'abord, mais obéissant à son ordre, les autres étaient restés sur la lisière du bois de citronniers, et comme un écho lointain, seul le bruit des tambours, coupé parfois par la note claire des flûtes, arrivait encore jusqu'à lui. Puis bientôt ce bruit même s'évanouit; plus rien que le silence que troublait seul la chanson claire et douce du petit ruisseau.

Et le sultan Abd-Allah se dit qu'il devait faire bon se reposer à l'ombre de ces vieux arbres, et, sans façon, il s'étendit sur le gazon vert, comme un simple écolier. Jamais il ne s'était trouvé aussi mollement couché, même sur son grand lit à baldaquin, à l'ombre de ses courtines de soie. Et, la tête penchée sur son épaule, il se laissait aller à une étrange rêverie, quand tout à coup, au-dessus de lui, un gazouillement

Lentement le sultan allait sous le bois.

se fit entendre, mais si doux, qu'il n'en avait
jamais entendu de pareil. Charmé et surpris, il
leva la tête, et écouta. L'oiseau chantait maintenant une claire fanfare, et les trilles éclatants
s'égrenaient sous les feuilles, comme si l'on eût
secoué un sac de perles, puis allaient se perdre,
là-haut, dans l'inconnu.

Le sultan, les mains jointes, écoutait, cherchant à découvrir ce mystérieux et divin chanteur. Et celui-ci chantait toujours; c'était maintenant une plainte lente, un air mélancolique et
pénétrant, qui mettait comme des larmes dans
les yeux d'Abd-Allah. Quand il s'arrêta, des
larmes coulaient sur sa joue, mais des larmes si
douces que, ravi, il tomba à genoux. Il y avait si
longtemps qu'il n'avait pu pleurer!

L'oiseau ne chantait plus, qu'il écoutait encore,
perdu dans un rêve sans fin.

Alors doucement il demanda :

« Qui es-tu, toi dont la voix est si mélodieuse?
Fée ou génie, montre-toi; je veux te voir! »

Et sous les feuilles aussitôt un petit oiseau
parut, fixant sur le sultan deux petits yeux, qui
brillaient dans l'ombre avec des éclats profonds
de luciole. Celui-ci étonné le regarda, puis, de
nouveau, il demanda :

« Dis-moi ton nom, ô cher génie! »

L'oiseau sembla sourire; doucement il secoua
ses ailes, puis il dit :

« Je ne suis ni fée ni génie; je ne sais même

pas comment on me nomme! Je suis un simple oiseau du ciel, qui passe et chante, égrenant ses chansons tout le long de la route, aujourd'hui ici, demain là-bas, dormant aux étoiles, et m'éveillant avec le soleil! »

Le sultan alors s'approcha :

« Veux-tu venir avec moi? fit-il....

— Où donc?

— Dans mon palais.

— Qu'y ferai-je?

— Tu chanteras. Car je ne connais pas de voix plus mélodieuse que la tienne, pas de luth et de flûte plus doux que tes chansons. Tu charmeras ma vie, tu chasseras le terrible ennui, qui m'a tant fait souffrir, et, par toi, je retrouverai encore les chères larmes que tu m'as fait verser tout à l'heure. Fixe toi-même le prix de tes chansons; je te donnerai ce que tu voudras. Je suspendrai même à ton cou, si tu le désires, la sainte émeraude qui brille sur mon front. On te choisira les grains les plus exquis; tu boiras l'eau de mes fontaines. Chacun de tes désirs sera un ordre; et mes esclaves comme mes officiers devront t'obéir en tout comme à moi-même! »

L'oiseau secoua la tête.

« Tu refuses, demanda le sultan, les mains jointes, les yeux suppliants! Tu veux donc que la tristesse et l'ennui me reprennent et me couchent là-bas, dans mes caveaux de marbre!

— Non, répondit l'oiseau. Mais je ne veux rien

pour cela. Je chante pour chanter, et pour charmer qui m'écoute. Dieu, qui m'a donné ma voix et mes ailes, l'a voulu ainsi. Je ne vends pas mes chansons, je les donne aux fleurs, au vent qui passe, aux feuilles qui poussent, au soleil qui mûrit les fruits de vos vergers. Je les donne à qui me les demande, au pauvre comme au riche, au faible comme au puissant. J'irai, quand tu voudras, chanter dans ton palais, ô sultan!

— Tu me connais donc, fit Abd-Allah! Tu sais que je suis maître des êtres et des choses qui nous entourent. »

De nouveau l'oiseau secoua la tête, et doucement il murmura :

« Je connais les arbres de ton jardin, comme je connais ceux de la forêt voisine; je connais ton palais de marbre, comme je connais la cabane au toit de chaume sur le toit de laquelle j'ai chanté tout ce matin. Mais quant à ton nom, le nuage ni la fleur ne me l'ont jamais murmuré! »

Le sultan baissa la tête.

« Viendras-tu? » supplia-t-il de nouveau.

L'oiseau inclina la tête.

« Quand?

— Demain, si tu le désires.

— Je veux que toute ma cour t'entende et t'applaudisse.

— Je t'ai dit que mes chansons étaient à tous, reprit l'oiseau. Ouvre grandes tes fenêtres; à l'heure dite j'arriverai. Sur ce, adieu : il faut que je te quitte, on m'attend là-bas, à la chaumière dont je te parlais tout à l'heure. A demain!

— A demain! » répéta Abd-Allah.

Et l'oiseau, déployant ses ailes, qui brillèrent sous un rayon de soleil égaré parmi les feuilles, lança au ciel comme un dernier trille victorieux, puis il s'envola; et le sultan le suivit des yeux jusqu'à ce qu'il eût disparu.

Alors, lentement il retourna vers ses officiers, qui, inquiets, attendaient, n'osant se mettre à sa recherche, et se demandant ce que le maître était devenu. Ils ne savaient que résoudre, quand le sultan apparut, les yeux brillants et le sourire sur les lèvres. Les derviches aussitôt se mirent à genoux, et les officiers inclinèrent leurs larges cimeterres. C'était la première fois qu'ils le voyaient sourire. Mais il fit un signe. Les esclaves approchèrent le palanquin; il y monta. Puis le cortège se remit en marche, pour rentrer au palais. Et, nonchalamment couché sur ses coussins de soie, le sultan Abd-Allah rêvait déjà de s'emparer, par la ruse, de ce merveilleux oiseau. Il était assez riche et assez puissant pour vouloir que ses chansons n'appartinssent qu'à lui. Maître du chan-teur, il serait seul maître de ses chansons

*
* *

Le lendemain, à l'heure convenue, dans la salle du trône, toute la cour était réunie. Toutes les

fenêtres étaient ouvertes pour que l'oiseau pût
entrer aussitôt; et par-dessus le vert des arbres
on apercevait au loin, se découpant dans le bleu
du ciel, de très hautes montagnes, portant au
sommet comme une couronne de nacre.

Les murs disparaissaient sous les draperies
d'or. Par terre, on avait étendu de superbes tapis,
représentant des plantes et des animaux avec tant
de vérité, qu'on aurait cru marcher sur un par-
terre de fleurs ou un duvet d'oiseau.

Tout autour, des colonnes de marbre, de jaspe,
de porphyre, sans piédestal, émergeant du sol
comme des arbres fantastiques, montaient soute-
nant une voûte de mélèze sculpté, rehaussée d'or
et portant au centre, enchâssée dans le bois
même, une perle d'un merveilleux éclat.

Au milieu s'élevait, supporté par douze lions
accroupis, un trône d'argent, au-dessous d'un dais
de pourpre, sur lequel se lisaient ces mots en
lettres faites avec des topazes et des émeraudes :
« Celui-ci est ton maître et seigneur, Abd-Allah,
fils d'Al-Raoun, le serviteur de Dieu, dans le ciel,
et le souverain des hommes, sur la terre ».

Le sultan avait pris place sur son trône; à ses
pieds s'étaient rangés ses musiciens et ses danseuses; autour de lui ses ministres et ses officiers,
puis les gardes, les archers et les esclaves; en
face, les derviches assis sur leurs chaises d'ivoire.
Eux seuls avaient le droit de s'asseoir en pré-
sence du sultan.

Sur un geste, il commença aussitôt (p. 27).

Devant le trône, sur une estrade de velours,
on avait placé un perchoir en bois de citronnier,
sur lequel devait prendre place l'oiseau si impa-
tiemment attendu, celui qui avait ainsi chassé du
front du maître les tristes nuages qui l'assom-
brissaient.

Tout à coup un bruit se fit entendre, et sur
une des fenêtres, avançant curieusement la tête,
l'oiseau parut. A l'heure dite, il était là.

Tous s'inclinèrent, et Abd-Allah lui-même se
leva pour lui faire honneur.

Sans paraître intimidé, l'oiseau, d'un coup
d'aile, vola sur le perchoir; puis sembla attendre
l'ordre du sultan. Sur un geste de celui-ci, au
milieu du plus complet silence, il commença aussitôt.

C'étaient encore les trilles éclatants sonnant
comme des airs joyeux de fanfare, puis des chants
plus doux, pénétrant jusqu'à l'âme, mettant des
larmes dans tous les yeux. Ensuite la chanson
joyeuse reprenait plus entraînante, plus gaie; puis
encore les notes s'apaisaient, et la voix montait
comme un soupir, presque comme une plainte.

Le sultan y retrouvait toutes ses émotions
douces de la veille; les autres l'écoutaient char-
més, et les vieux derviches se demandaient entre
eux si ce n'était pas quelque génie du ciel, qui,
caché sous cette apparence d'oiseau, exécutait
pour leur maître bien-aimé ce merveilleux con-
cert.

L'oiseau se tut; on l'écoutait encore. Alors Abd-Allah voulut entendre, en même temps que lui, ses musiciens, tous artistes fameux venus de tous les coins de son royaume. Les luths et les flûtes s'accordèrent et se mirent à chanter, mariant leurs voix douces dans un hymne d'espérance et d'amour, dont les notes montaient parfois éclatantes comme un cri de victoire. Mais l'oiseau commença à son tour, modulant le chant des instruments, le reprenant à sa façon, mais si joli, si pénétrant, si fier quand le chant sonnait ses notes victorieuses, que vaincus les instruments s'arrêtèrent. La lutte était impossible.

Les applaudissements éclatèrent, et le sultan, descendant de son trône, s'avança vers l'oiseau.

« Ne t'en va plus, s'écria-t-il, car maintenant leur musique, que je trouvais jadis si belle, ne me charmerait plus, et ne ferait que laisser mon âme plus triste de t'avoir perdu. »

L'oiseau secoua la tête, il fallait qu'il s'en allât, et, saluant une dernière fois, il déploya ses ailes, prêt à s'envoler.

Mais Abd-Allah l'arrêtant d'un geste :

« Encore une chanson, au moins, puisque tu veux partir ! »

Sans se faire prier, l'autre recommença; mais avant qu'il eût fini, le sultan avait fait un signe, et aussitôt toutes les fenêtres et toutes les portes s'étaient fermées comme sous une seule et même poussée. L'oiseau était prisonnier !

Des esclaves apportaient une superbe cage d'or,
et l'oiseau, baissant la tête, ayant tout compris,
et comme résigné, s'y laissait enfermer.

Abd-Allah s'approcha :

« C'est toi qui l'as voulu, dit-il, tu m'as forcé,
ô mon beau chanteur, à user de ruse. Mais,
sois tranquille, je rendrai ta prison si agréable
que jamais tu ne regretteras tes arbres et les
fleurs ! »

L'oiseau le fixa longuement; son regard seul
répondit pour lui, un regard triste et plein de
reproche.

« Tu as manqué à ta parole, avait-il l'air de lui
répondre; tu as fait ce que tu ne devais pas
faire ! »

Toute la cour avait applaudi. On le tenait donc
ce merveilleux chanteur; les heures seraient
douces avec lui. Sa tristesse s'en irait vite, et
demain ses chansons reprendraient plus belles
que jamais.

*
* *

Mais l'oiseau ne chanta plus, ni le lendemain,
ni les jours suivants. Le sultan avait beau réunir
toute sa cour, faire son signe de commandement,
au fond de sa cage d'or, le chanteur restait muet.
On avait beau remplir sa cage des graines les
plus rares; la couvrir de fleurs; on avait beau
tenir toujours pleines d'une eau fraîche et pure

comme du cristal ses mignonnes auges de marbre, l'oiseau ne disait plus rien ; il laissait intactes toutes ces graines ; à peine de temps en temps venait-il tremper dans l'eau ses ailes et son bec. Prières, menaces, rien n'y faisait.

Des heures entières, le sultan restait en face de la cage, contemplant son prisonnier, l'appelant des noms les plus doux, lui prodiguant les plus tendres caresses. Un esclave était attaché à son seul service ; tous les matins, il le promenait, dans sa cage, sous les grands arbres du jardin. Alors, seulement quand le soleil brillait, l'oiseau semblait un peu revivre ; mais jamais plus on n'entendit cette voix merveilleuse, que tous maintenant regrettaient, se demandant tout bas si le petit chanteur n'allait pas mourir.

Et de fait il dépérissait à vue d'œil : ses yeux n'avaient plus leur bel éclat vermeil ; ses ailes tristement baissées semblaient maintenant ne plus pouvoir se déployer. Le sultan avait consulté ses oiseleurs, ses derviches et ses médecins. Il était entré dans une colère violente quand on lui avait dit que l'oiseau était malade, et qu'on ne savait comment lui rendre sa voix d'or. Tirant son cimeterre, il avait juré de les faire tous périr s'ils ne trouvaient pas un remède pour guérir son prisonnier. Et les autres, en tremblant, avaient promis d'essayer encore et de trouver dans les vieux livres ce mystérieux remède, qui leur était encore inconnu.

...De vieux fakirs à barbe blanche. (Voir p. 34.)

Et l'oiseau dépérissait toujours; de tous les coins de l'empire, mandés sur un ordre du sultan, des gens étaient venus, de vieux fakirs à barbe blanche, des sorciers fameux, qui croyaient que leur science guérirait l'oiseau chanteur. Mais ils avaient en vain tracé sur la cage leurs signes cabalistiques; en vain ils avaient prié. Rien n'y avait fait; et le sultan se demandait, lui aussi, maintenant si les autres n'avaient pas raison, et si ce chanteur tant aimé n'allait pas mourir. Il n'entendrait donc plus ses belles chansons; il ne retrouverait plus ces chères et douces larmes qu'elles lui avaient fait verser; l'ennui le reprendrait tout entier. Il avait beau être le maître, faire d'un signe tomber les têtes et fléchir les genoux, il ne pouvait rien; l'oiseau ne chanterait plus. Et cela parce qu'il ne le voulait pas peut-être! Car, enfin, que lui manquait-il, et pourquoi se laissait-il ainsi mourir?

Puis des colères le prenaient, qui faisaient trembler tout le monde; et d'autres fois seul, devant la cage, les mains jointes, les yeux suppliants :

« Petit oiseau, disait-il, chante encore, j'ai soif de tes chansons. Ecoute-moi, mon bel ami; c'est moi, le sultan, qui te prie. Ne reste plus ainsi muet; ne me regarde plus avec ces yeux tristes, retrouve pour moi ton divin gazouillement! »

Et un jour qu'il suppliait ainsi, un jour que le

soleil brillait et, par la grande fenêtre ouverte, inondait d'or la chambre impériale, comme il pleurait, l'oiseau doucement murmura :

« Pourquoi m'as-tu fait prisonnier? Je mourrai dans ta cage, si belle qu'elle soit. Je ne peux chanter qu'en liberté, sur les grands arbres, au clair soleil. Ni les graines de chènevis et de gingembre, ni l'eau pure puisée à tes fontaines de marbre, ne peuvent remplacer pour moi le pauvre grain de blé cherché sous l'herbe tendre, et les gouttes de rosée cueillies dans le calice des fleurs. C'est alors seulement que peuvent éclore mes joyeuses chansons. Ma richesse, c'est ma gaieté; je ne demande qu'une chose, ma liberté, car c'est seulement sous le ciel bleu que le chant des oiseaux s'envole. »

Le sultan baissa la tête, et l'oiseau continua :

« Je t'ai dit que je ne vendais pas mes chansons. Je les donne. Tu n'avais qu'à me les demander, elles auraient été à toi comme aux autres; mais tu n'as pas le droit de les garder pour toi seul. Les pauvres gens en ont besoin plus que toi-même, car ces chansons leur mettent la gaieté et le courage au cœur. C'est grâce à elles qu'ils travaillent et qu'ils supportent les peines de la vie. Ils n'ont que moi pour les charmer. Toi, tu es le maître; tu as tes palais, tes trésors, tes musiciens et tes esclaves. Tu peux faire des heureux, tu peux donc l'être toi-même; mais tu ne

peux pas enchaîner mes ailes. Mes chansons
n'appartiennent qu'à Dieu, qui me les a données ! »

Le sultan avait compris.

« Tu veux donc me quitter ? » demanda-t-il, les
yeux pleins de larmes.

Et doucement il ouvrit la porte de la cage.

L'oiseau sembla subitement revivre ; ses ailes
se déployèrent, ses petits yeux retrouvèrent leur
bel éclat d'or.

« Merci ! » fit-il.

Puis s'approchant sans crainte :

« Quand tu le voudras, fais un signe, j'ac-
courrai. Le soir, quand tu dormiras, je viendrai sur
les arbres du jardin bercer tes rêves de mes plus
belles chansons. Je ne t'oublierai pas, car tu me
redonnes la vie. Je te laisse d'ailleurs le souvenir
de la bonne action que tu as faite. La vie d'un
petit oiseau comptera au jour du dernier juge-
ment. Et qui sait si une de mes chansons, jetée
dans l'éternelle balance, ne la fera pas pencher en
ta faveur !

— Tu le veux donc ? demanda de nouveau le
sultan.

— Oui, répondit l'oiseau.

— Envole-toi alors ! » reprit Abd-Allah.

Et large ouverte il tint la porte de la cage.

Et l'oiseau, recouvrant tout d'un coup sa joyeuse
voix, poussa un trille éclatant, puis, déployant ses
ailes, qui brillaient au soleil comme une poussière
de diamant, il s'envola et disparut dans le ciel.

L'oiseau s'envola et disparut dans le ciel.

Et le sultan, tristement, écoutant sa chanson se perdre dans la nue, à son tour murmura, en essuyant ses yeux où perlaient deux grosses larmes :

« Merci, mais ne m'oublie pas! »

LES

FLEURS DE FRANCE

C'était après la classe du matin que notre vieux maître d'école devait nous dire adieu. Tout avait été minutieusement réglé. Une carriole, escortée par deux soldats, l'attendrait devant la porte; il y monterait aussitôt, et les deux soldats ne le quitteraient que lorsqu'il aurait passé la frontière.

Simplement il avait dit: « C'est bien! » Et c'est sans pleurer, la voix un peu tremblante seulement, qu'en nous quittant le soir, il avait ajouté que c'était sa dernière classe, et qu'il serait heureux de nous embrasser tous, avant de s'en aller.

Le lendemain matin, dès la première heure, nous étions tous là, les petits comme les grands, le cœur gros, la gorge sèche. Plus d'un pleurait.

Lui nous regardait entrer un à un, comme jadis, le matin, avant de commencer sa classe, quand il nous comptait du doigt, pour voir si personne ne manquait à l'appel. Les bois touffus, sous lesquels il fait si bon d'aller jouer, au temps des moissons, nous avaient plus d'une fois tentés; et plus d'une fois, prenant sa grande canne, le chapeau de travers, les lunettes d'or voltigeant sur son nez, le maître avait dû courir après les retardataires. Il les ramenait alors par l'oreille, les menaçant des punitions les plus terribles, cherchant en sa cervelle quel affreux pensum il pouvait bien leur infliger. Le coupable baissait la tête, laissait passer l'orage, sachant bien qu'il ne durerait pas. La classe reprenait; et bientôt le brave homme se mettait à nous conter quelque belle histoire de bataille. C'était son plaisir favori; il se faisait d'abord prier, un tout petit peu, assurant que nous ne méritions rien, que jamais plus il nous raconterait ses histoires. Mais nous le suppliions, les mains jointes, si doucement que toute sa grande colère s'en allait, et que bientôt, tout entier à son récit, les cheveux au vent, faisant de grands gestes, il avait tout oublié, et sa promesse et ses pensums. Et nous l'écoutions, bouche béante, les yeux grands ouverts, comme suspendus à ses lèvres; il nous semblait que devant nos yeux, dans une vision lointaine, des soldats passaient, au bruit des clairons et des tambours; sur leur tête flottait, comme dans une divine auréole, le grand drapeau aux trois couleurs.

Et quand le vieux maître avait fini, tandis que

nous l'écoutions encore, parfois nous voyions des larmes emplir ses yeux.

Et tous ces souvenirs nous revenaient maintenant, nous faisant le cœur encore plus triste. Nous l'aimions tant le cher brave homme. Nous étions bien petits encore; le plus grand d'entre nous allait sur ses six ans. Mais nous comprenions tout; et nous nous rappelions bien que devant l'école flottait, deux ans avant, ce beau drapeau aux trois couleurs, dont le maître nous avait si souvent conté l'histoire.

Quand nous fûmes tous entrés, il nous fit prendre place à nos bancs; et lui-même monta sur sa haute chaire. On aurait dit que la classe allait commencer comme d'habitude. Et pourtant nous sentions quelque chose de solennel autour de nous. Le maître avait mis ses beaux habits du dimanche : sa longue redingote à boutons de cuivre, comme jadis quand il allait, aux vêpres, chanter au lutrin.

Un moment il resta pensif, la tête dans ses mains; et il nous sembla, au soleil, voir briller des larmes entre ses doigts. Mais relevant la tête aussitôt :

« Mes chers enfants, commença-t-il d'une voix tremblante, mes chers..., mes chers petits enfants! »

Et il s'arrêta comme pour chasser un sanglot qui lui montait à la gorge.

« J'ai voulu, continua-t-il, vous dire adieu;...

j'ai voulu vous embrasser une dernière fois; j'ai
voulu vous entendre dire que vous ne m'oublierez
pas,... jamais,... jamais! »

Et tous d'une même voix, tendant vers lui nos
petites mains :

« Non, nous ne vous oublierons pas, nous
écriâmes-nous.

— Merci, fit-il, merci. Je vais, mes pauvres
petits, vous quitter pour toujours. Les vieilles
gens comme moi s'en iront sans connaître les
grandes choses qui viendront, ils ne doivent pas
voir luire l'aurore prochaine. Mes pauvres petits! »

Et il répétait toujours : « Pauvres..., pauvres
chers petits! » Mais il n'y tint plus, tout son
courage l'abandonna; il oublia son discours et sa
promesse, des larmes jaillirent de ses yeux, les
sanglots montèrent à sa gorge, et il s'affaissa sur
sa chaise, la tête dans ses mains, murmurant
toujours :

« Pauvres..., pauvres chers petits! »

Nous courûmes à lui; tous nous nous préci-
pitâmes autour de sa chaire; lui prenant les
mains, pressant notre tête contre lui, lui tendant
nos joues et nos lèvres. Un à un il nous embrassa,
et ses larmes coulaient sur nos têtes comme une
chaude rosée. Mais tout à coup se redressant, ne
pleurant plus, il courut à la fenêtre et l'ouvrit
toute grande. Étonnés, nous le regardions, les
cheveux au vent, les yeux hagards, la main
tendue vers la campagne.

Hachette et Cie

D'un grand geste il nous désignait les champs (p. 43).

« Regardez! regardez, petits de France, s'écria-
t-il; malgré les pluies et les tempêtes, Dieu fait
mûrir, quand il le veut, les épis et les fleurs. On
me chasse d'ici, on ne veut plus que je vous
apprenne la chère langue des aïeux; on veut que
vos lèvres et vos cœurs l'oublient. Mais ils l'es-
sayeront en vain; la bouche peut parler et le cœur
se taire. Je m'en vais, mais je vous laisse l'espérance, et le devoir de rebâtir ce qu'ils ont démoli.
D'ailleurs, ils auront beau faire, le sol lui-même
protestera, ils ne pourront jamais en chasser les
trois couleurs. Regardez! »

Et, la main toujours tendue vers la campagne,
d'un grand geste il nous désignait les champs, et
nous regardions, suspendus à ses lèvres, n'osant
même plus pleurer.

« Regardez bien, continua-t-il, et souvenez-
vous. Voyez les trois couleurs emplir les champs,
et tisser sous l'œil de Dieu l'éternel drapeau de
France. Voyez ces marguerites, ces bleuets et ces
coquelicots; c'est le blanc, le bleu et le rouge de
l'étendard de la patrie. Vous rappelez-vous l'histoire de ces drapeaux qui s'en allaient flotter sur
toutes les capitales du monde? Eh bien! écoutez,
ajouta-t-il, baissant la voix comme s'il eût craint
qu'on l'entendît, ce sont ces drapeaux qui font
pousser ces fleurs. Ils sont tombés troués par
les balles, brûlés par ceux qui ne voulaient pas
les rendre, et qui en ont semé les cendres au vent.
Ce sont ces cendres qui ont fécondé le sol; ce

sont les trois couleurs qui repoussent, et qui repousseront éternellement. Car ils auront beau faire : ils pourront faire passer la charrue sur les moissons futures, les trois fleurs de France refleuriront toujours! Et cela, mes enfants, parce que c'est au fond même de la terre que la semence est allée. Ils pourront faire flotter sur la vieille école leur nouvel étendard; les champs, qui sont dans la main de Dieu, et qui sont éternels comme lui, feront toujours fleurir le vieux drapeau de la patrie! »

Et le maître semblait transfiguré; sa main semblait au loin désigner quelque mystérieux inconnu; et, tremblants, nous tenant la main, nous l'écoutions, pensant à cette semence mystérieuse des drapeaux, qui allait éternellement éclore.

Neuf heures sonnèrent. A ce moment même, on frappa à la porte.

« Ce sont eux! » fit le maître.

Et, mettant un doigt sur ses lèvres, vivement il referma la fenêtre et s'avança vers la porte.

Elle s'ouvrit, livrant passage à deux soldats qui, sans parler, lui tendirent un papier; c'était l'ordre d'expulsion. Sans même le regarder, il le prit et le mit dans sa poche.

« Je suis prêt! » fit-il.

Et se coiffant de son chapeau, il prit son livre sous le bras, sa canne à pomme d'argent et s'avança pour nous embrasser encore une fois. Il ne pleurait plus maintenant; ses yeux étaient

« Vive la France! » (Voir p. 48.)

secs; seul son regard semblait nous dire : « Silence; n'oubliez pas! »

Nous restions là, immobiles.

« A vos places! » dit-il enfin.

Surpris, nous obéîmes. Les soldats regardaient sans comprendre.

« Debout! » cria-t-il en frappant des mains, comme jadis, quand M. l'inspecteur venait nous surprendre.

Nous nous levâmes. Alors du seuil, se redressant, il ôta son chapeau, et l'élevant en l'air :

« *Vive la France!* » cria-t-il.

Et se retournant vers les soldats :

« Marchons, leur dit-il, j'ai fait mon devoir. Vous, les petits, faites le vôtre! » ajouta-t-il en nous faisant un dernier signe d'adieu.

LES

ROIS MAGES

Les trois mages venus de l'Orient se rendaient à Bethléem, guidés par l'étoile qui doucement filait devant eux dans le bleu sans tache du ciel, laissant derrière elle comme une longue traînée d'or.

Ils allaient suivis de leurs varlets et de leurs pages, qui portaient dans des coffrets d'argent ciselé les présents merveilleux destinés à l'enfant-roi dont on leur avait révélé la naissance. Gaspard, le plus grand, offrait la myrrhe, Balthazar, l'or, et Melchior, l'encens.

Le cimeterre au clair ou la lance sur l'épaule, leurs gardes les accompagnaient, et derrière chacun d'eux, comme figés dans leurs armures étincelantes, marchaient trois écuyers portant l'un l'étendard du maître, l'autre son sceptre, et le troisième sa couronne, sur laquelle, par instants, les ors et les diamants luisaient comme d'étranges lucioles.

Les musiciens venaient ensuite, la cithare en main ou la flûte aux lèvres, puis les chariots, et, revêtus de leur housse de soie écarlate, les mules et les chameaux, tenus en laisse par de grands esclaves noirs, cerclés d'or au cou et à la ceinture.

Et, au son joyeux des instruments, à la clarté de la lune, s'égrenant le long du sentier blanc tout parfumé de romarin et de serpolet, ils descendaient la montagne, les yeux fixés sur l'étoile qui marchait toujours.

Or il arriva qu'un matin, les trois rois mages, désireux de reconnaître le pays qu'il leur restait encore à parcourir, laissèrent là leurs écuyers et leurs pages, et s'égarèrent. Le soir venu, ils cherchaient encore leur route. En vain, des yeux, interrogeaient-ils l'horizon. Ils ne voyaient poindre ni les casques ni les lances de leurs gardes. En vain ils appelaient. L'écho seul répondait à leur voix. La plaine s'étendait devant eux, déserte et silencieuse. La nuit venait, et dans le ciel où lentement, une à une, comme des perles d'or, les étoiles s'allumaient, ils essayaient en vain de découvrir celle qui s'était levée là-bas en Orient, sur leur palais de marbre, et qu'ils avaient suivie.

Ils restaient là tous trois, inquiets, à la recherche d'une hutte ou d'un abri, si pauvre fût-il, où ils pourraient du moins se reposer jusqu'à l'aurore. Mais ils n'apercevaient aucune lumière; aucune fumée ne montait vers le ciel; pas une clochette ne sonnait dans la plaine.

Ils descendaient la montagne.

Tout à coup le roi Balthazar prêta l'oreille : « N'entendez-vous rien? » demanda-t-il aux autres.

Melchior et Gaspard écoutèrent à leur tour :

« Ne serait-ce pas plutôt, fit le premier, le vent qui fait bruire les branches, ou les appels d'un rossignol perdu, que l'écho apporte jusqu'à nous? »

Mais Gaspard montrait la route : « Avançons toujours, dit-il. Murmure de vent ou chanson de rossignol, le bruit nous guidera. »

Et à mesure qu'ils avançaient, le bruit devenait plus distinct. C'était maintenant comme un refrain joyeux qui montait dans l'air, troublant seul le grand silence de la nuit, et, sous les arbres, là-bas, très loin, une lueur brillait, un peu de fumée blanche montait dans le ciel.

Les trois rois mages poussèrent un cri de joie en apercevant devant eux une petite cabane, sans doute la hutte d'un pâtre qui, lassé par le travail de la journée, se chauffait, en chantant, au feu de son pauvre foyer.

L'aspect de la cabane était des plus misérables. Par la fenêtre entr'ouverte, curieux, ils regardèrent, et ils virent un garçon de quinze à seize ans qui, assis devant sa cheminée, où flambait joyeusement une brassée de bois mort, jouait du galoubet.

Doucement les rois mages frappèrent. Mais, son flûtet aux lèvres, l'autre, tout à sa chanson, n'avait rien entendu.

Alors, sans façon, ils poussèrent la porte, qui n'était même pas fermée au loquet, et ils entrèrent.

Au bruit, le jeune garçon se retourna, tout surpris en apercevant devant lui ces trois inconnus si étrangement vêtus. De grands manteaux sombres cachaient leurs simarres brodées.

« Que voulez-vous? demanda-t-il.

— L'hospitalité d'abord, répondit Melchior, de quoi manger, et un coin pour nous reposer. Tu nous indiqueras ensuite notre route, car nous nous sommes égarés dans la plaine et nous avons perdu nos compagnons.

— Nous sommes trois pauvres marchands, ajouta Balthazar en faisant aux deux autres un signe d'intelligence. Nous venons de l'Orient, où nous avions été tenter la fortune, mais où nous n'avons gagné que des misères et des peines. Nous mourons de fatigue et de faim. Nous avons entendu ta chanson, ta porte était ouverte et nous sommes entrés!

— Et vous avez bien fait, interrompit le jeune garçon. La maison est pauvre, le logis petit et la huche maigre, mais, foi de Pierre, qui est mon nom, ma porte est ouverte à tout venant. Je ne suis jamais plus content que lorsque je peux partager mon écuelle de lait avec plus pauvre et plus malheureux que moi.

— Tu ne crains alors ni les voleurs ni les méchants? demanda le roi.

— Non, reprit Pierre. Tant pis pour qui voudrait me faire du mal! Pourquoi m'en ferait-on d'ailleurs? Qui viendrait voler ici, ajouta-t-il en riant, serait le plus volé de nous deux.

— Tu es un brave petit homme, s'écria Balthazar en lui frappant amicalement sur l'épaule; un jour ou l'autre tu recevras ta récompense.

— Ma récompense! fit-il. Mais je la trouve tout entière dans le contentement de moi-même, dans ma gaieté et mes chansons qui font mes jours heureux et mes peines moins amères. Je n'ai cure d'honneurs ni de richesses. Pourvu que l'oiseau ait un nid pour s'abriter, des feuilles pour dormir, et quelques grains pour subsister, il chante et ne demande pas autre chose. Je suis d'ailleurs bien tranquille à ce sujet, ce ne sera jamais la fortune qui frappera à ma porte.

— Qui sait? » dit le roi en s'asseyant.

Ses deux compagnons firent de même.

Pierre se mit à rire, pensant que ce ne serait certes pas derrière eux qu'elle entrerait. Puis posant devant chacun d'eux une écuelle de bois pleine de lait et un morceau de pain : « Le pain est dur, ajouta-t-il, mais le lait est frais ».

Tout en mangeant, les rois mages le regardaient et ils pensaient que cet enfant, dans sa pauvreté, était peut-être plus heureux qu'eux au milieu de leurs fabuleuses richesses.

Puis, le repas fini : « Si je vous en jouais une maintenant, fit-il, vous verrez comme elles sont jolies, les chansons de notre vieux pays ». Et, prenant son galoubet, Pierre commença.

Et tandis qu'il jouait les autres écoutaient (p. 55).

Et tandis qu'il jouait, les autres écoutaient,
perdus dans une longue rêverie, ces chansons
qui, dans cette pauvre cabane, qu'éclairaient
seules la lueur du foyer et la vague clarté des
étoiles, leur semblaient plus belles et plus douces
que celles que leur chantaient là-bas, devant
leur trône d'or, les plus célèbres de leurs poètes
et de leurs joueurs de cithare. Ils écoutaient,
oubliant leurs titres et leurs royaumes, le cœur
doucement ému, heureux comme ils ne l'avaient
jamais été, ne se souvenant que d'une chose,
c'est que celui vers lequel l'étoile les guidait,
était, d'après le récit des bergers rencontrés sur
la route, né pauvre et misérable, au fond d'une
étable plus humble encore que celui qui parta-
geait avec eux le peu de pain qui lui restait.

A l'aube, quand ils se réveillèrent, leur hôte
dormait encore. Alors tous trois, doucement, ils
allèrent à la huche, et sur l'étagère vide chacun
posa une bourse pleine d'or. Et ils attendirent.

Pierre en ouvrant les yeux les vit debout à
côté de lui : « J'ai trop dormi, fit-il, car voici
que le soleil se lève. Il faut vous mettre en route
sans tarder si vous voulez retrouver vos compagnons. » Et se levant : « Peut-être, ajouta-t-il,
trouverez-vous dans la huche un morceau de pain
oublié. Vous vous le partagerez tous les trois. »

Mais en l'ouvrant, soudain il recula, les yeux
grands ouverts, croyant rêver. Il venait d'aperce-
voir les trois bourses, que d'abord il n'osa tou-

cher. Puis se retournant vers les trois inconnus,
il les vit sourire, et comme il allait les interroger,
Gaspard, s'avançant le premier, dit : « Prends
sans crainte. Tout cet or est à toi!

— Tu nous as offert l'hospitalité, fit Melchior,
tu as partagé ton pain avec nous, demande ce
que tu voudras, et nous te le donnerons! »

Et Balthazar, s'approchant le dernier, ajouta :

« Tu nous as donné les heures les plus heureuses
de notre vie. Sois béni, ô mon enfant. Rien ne
pourra payer la douce joie que nous te devons. »
Et le prenant entre ses bras, il l'embrassa, et deux
larmes tombèrent des yeux du roi sur la joue du
petit joueur de fifre.

Et comme celui-ci, étonné, ne comprenant pas
encore, allait répondre, tout à coup un grand
bruit se fit entendre. Les rois mages ouvrirent la
porte, et Pierre, se frottant les yeux, croyant rêver toujours, vit s'avancer les varlets, les gardes
et les écuyers, qui s'inclinèrent devant leurs
maîtres.

Et ceux-ci ayant ouvert leurs manteaux, il
aperçut leurs simarres brodées, et il vit sur leurs
ceintures d'or luire l'émeraude royale. Le soleil
brillait dans le ciel, et à l'horizon, dans la plaine,
apparaissaient les premières maisons de Bethléem.
On aurait dit qu'au-dessus de l'une d'elles luisait
une immense auréole.

Alors le petit berger comprit tout, et il tomba
à genoux, effrayé, n'osant lever la tête. Mais les

« Au revoir, petit ! » s'écrièrent les trois rois mages. (Voir p. 60.)

rois le relevèrent : « Tu ne nous as pas dit ce que tu désirais, firent-ils.

— Rien, répondit-il, j'ai fait mon devoir et ne demande aucune autre récompense. L'or que vous m avez donné, je le garde pour faire des heureux et pour sécher des larmes; ainsi, vous le voyez, nous sommes quittes.

— Et si tu venais avec nous? dit Balthazar.

— Je le voudrais que je ne le pourrais point. L'oiseau qui chante en liberté sur les branches des arbres meurt dans un palais de marbre! »

Les rois mages l'embrassèrent une dernière fois : « Au revoir, petit! s'écrièrent-ils. Nous reviendrons. »

Et tandis que, sur leur ordre, les écuyers, les varlets et les pages saluaient le pauvre berger, celui-ci, leur montrant Bethléem, dit : « S'il plaît à Dieu! »

Et quand le cortège se fut remis en route, long-temps encore les rois mages entendirent sonner le flûtet de leur joyeux ami d'un jour, qui sem-blait leur répéter encore : « Ne m'oubliez pas! »

Mais ils ne repassèrent plus par le même che-min. L'étoile qui, de nouveau, guida leur marche, les ramena en Orient par une autre route.

C'est depuis que, là-bas, au pays bleu, au pays des cigales et des galoubets, les petits s'en vont, la nuit de Noël, attendre sur la grand'route, à la clarté des étoiles, le passage des rois mages. Mais on ne les rencontre plus maintenant, et il n'y a

plus guère, hélas! que les très petits, qui, le soir
en se couchant, demandent aux vieilles femmes
d'une voix tremblante : « Dites, grand'mère, est-
ce demain que les rois descendent de la montagne? »

LE

REQUIEM DE LA ROSE

————

I

Une rose allait mourir.

Lentement elle se penchait sur sa tige ; et, peu à peu, sa corolle pâlissait.

En vain, les papillons et les abeilles avaient doucement essayé de la réchauffer sous leurs caresses. En vain, les grands lilas blancs s'inclinant avaient laissé tomber sur elle les quelques gouttes de rosée qu'ils avaient pieusement conservées, et qui brillaient au soleil comme des perles mystérieuses.

Le vent avait en vain essayé de redresser sa tige. La rose allait mourir !

Peu à peu, ses belles couleurs disparaissaient ; ses feuilles tombaient ; et les pétales de sa corolle s'écartaient lentement, comme pour mieux laisser s'envoler l'âme de la fleur avec son dernier parfum.

Les marguerites priaient, inclinant leurs cou-
ronnes virginales; les violettes pleuraient, cachées
derrière des brins d'herbe, espérant encore, pourtant; elles pensaient que la rose était trop belle
pour mourir, alors que le soleil brillait, que les
feuilles poussaient encore, que l'hiver était loin
et que, sous le gazon vert, les sources claires
chantaient toujours.

Sur les branches, au fond de leurs nids, les
oiseaux s'étaient tus; tous attendaient, anxieux,
les yeux fixés sur la rose qui pâlissait toujours.
Les fauvettes étaient inquiètes; les rossignols
baissaient la tête; les cigales, si bavardes d'ordi-
naire, ne soufflaient mot. C'était la première rose
de l'année qui s'en allait ainsi; et tous se disaient
que leur tour viendrait aussi d'aller, comme elle,
dormir le grand sommeil.

Dans le ciel, les petits nuages de ouate attendaient, immobiles, sans savoir pourquoi le vent
interrompait ainsi leur éternelle marche vers
l'inconnu.

Tout à coup, dans ce grand silence des êtres et
des choses, un soupir lent s'exhala, et sur tous,
subitement, passa comme un parfum mystérieux.
C'était l'âme de la rose qui s'envolait.

La fleur était tombée de sa tige, éparpillant sur
le sol ses pétales flétris. Elle gisait sur le gazon,
au pied du rosier sur lequel elle avait vécu et
brillé; les autres fleurs avaient, d'un même mouvement, incliné la tête, comme pour lui dire un

dernier adieu ; les papillons avaient replié leurs
petites ailes ; et parmi les oiseaux, tout le long des
branches et des buissons, aussitôt la triste nouvelle
s'était répandue. La Rose, la première rose de la
saison, était morte.

II

Et, le soir, au clair de la lune, dont les rayons
argentaient les ailes et les calices, un lent cortège
allait l'ensevelir.

En tête marchaient les lilas, dressant leurs
hautes têtes comme des bannières ; puis, un scarabée, très grave dans son habit de satin vert, ayant
en main sa baguette de maître des cérémonies.

Les œillets, vêtus de velours grenat, venaient
ensuite, suivis des pâquerettes, qui s'en allaient,
penchant tristement leurs mignonnes collerettes
brodées de rose et de bleu, et de deux cigales,
battant de leurs cymbales une lente et douce
mélopée ; puis, comme une longue théorie blanche, les marguerites et les primevères ; puis, les
violettes en leur habit de deuil, précédant immédiatement la morte qui, posée sur une large
feuille verte et portée par deux grillons, semblait
dormir. Quatre boutons d'or, très fiers, tenaient
les cordons du poêle.

Ensuite marchaient les autres fleurs, entre
deux haies de sauterelles, armées de longs brins

d'herbe ; les papillons, dont la douleur faisait peine à voir ; les mésanges, les fauvettes, les rossignols chantant une marche funèbre, et tous les autres oiseaux du voisinage. Des branches d'aubépine toutes blanches fermaient la marche, encadrant ainsi le cortège funèbre, sur lequel, en passant, les feuilles claires des amandiers, que le vent inclinait, laissaient parfois tomber encore, comme des larmes, des gouttes de rosée....

III

Une fourmi avait, au pied du rosier même, sur lequel la rose avait vécu, creusé dans la terre humide un petit trou, où tranquille elle pourrait dormir éternellement. Et la lune, éclairant maintenant toute la scène, ne laissait plus un seul coin d'ombre. Sur sa feuille verte, la rose semblait même par instants, sous ses clairs rayons, revivre d'une vie mystérieuse et lointaine. Doucement les grillons qui la portaient la déposèrent dans la fosse, tandis que les cigales reprenaient, plus triste et plus lente encore, leur même mélopée, et que les violettes, les œillets, les primevères et les marguerites s'agenouillaient et priaient. Puis, un à un, tous vinrent pousser un peu de terre dans la tombe, non sans avoir d'abord pris cérémonieusement des pattes du scarabée un brin d'herbe trempé dans une source voisine, et

Un lent cortège s'en allait ensevelir la rose.

que par trois fois chacun secouait pieusement sur la rose. Bientôt le petit trou fut complètement comblé. Les lilas et les aubépines s'inclinèrent une dernière fois; c'était fini! Le gazon allait de nouveau pousser là où dormait la fleur; et

quand le soleil viendrait encore briller dans le grand ciel bleu, peut-être même ne pourrait-on plus retrouver la place où l'on venait de l'ensevelir; peut-être que personne ne se souviendrait d'elle, pas même les papillons qui la pleuraient si fort.

IV

Tout le monde allait se séparer, quand un des rossignols fit un signe. Il allait parler. Le scarabée leva sa baguette; tous aussitôt s'approchèrent; un grand silence se fit. La source elle-même cessa de murmurer. Le rossignol, perché sur un tronc de houx, poussa d'abord un trille éclatant, qui sembla monter dans le ciel comme une étrange fanfare. Puis, secouant ses ailes, relevant la tête, il chanta : -

« Pourquoi pleurez-vous, ô mes sœurs aimées, ô fleurs, compagnes de notre vie? Pourquoi vous arrêtez-vous de chanter? ô fauvettes! Pourquoi, ô cigales, ne reprenez-vous pas vos joyeux refrains? Essuyez vos larmes; ouvrez vos ailes. Le temps n'est plus de verser des pleurs, et votre dernière plainte doit s'en aller avec la nuit, au jour qui va luire!

« Nous naissons au printemps, sous une caresse d'or du soleil, et la Nature entière se réveille avec nous. Nous sommes éternels comme elle. Nous sommes le parfum, la joie et la chanson. Nous sommes le grand renouveau, qui ne meurt jamais. Quand l'hiver vient, quand la neige tombe, couvrant la terre d'un grand linceul blanc, les fleurs et les oiseaux s'en vont, mais pour revenir encore. Ils ne meurent pas; ils sommeillent. Le premier rayon de soleil rouvre les ailes et redresse les fleurs. Les sources coulent, les feuilles poussent, les buissons verdissent, et les chansons recommencent.

« C'est pourquoi je vous dis : ne pleurez pas. La rose n'est pas morte puisque d'autres roses vont pousser encore sur la branche où elle s'épanouissait. Elle dort. Elle va se réveiller. Poussez, au contraire, un long cri de joie et d'amour pour saluer et bénir cette continuelle renaissance des choses qui nous fait immortels.

« Nous ne passons pas. Nous sommes, et nous restons, Dieu nous créa avec le monde; et nous vivons avec lui et par lui. Vous pouvez flétrir sur vos tiges, ô roses! vous pouvez sans crainte exhaler votre dernier parfum, ô violettes! vous ne tombez que pour vous relever plus belles encore!

« Laissez donc, ô cigales! vos lentes et tristes mélopées. Dites-nous, au contraire, votre plus belle chanson. Chantez Dieu, le soleil! chantez les fleurs et leur parfum. Chantez la rose qui n'est plus; chantez celle qui va fleurir.

« Regardez. La nuit s'en va. Au loin dans le ciel l'aurore apparaît. C'est le jour qui revient. Le soleil va luire. Déjà les bourgeons s'ouvrent. C'est la vie qui recommence. C'est la rose qui nous revient. La mort n'est qu'une apparence. La vie comme Dieu est éternelle! »

V

Et comme si d'un seul coup l'ombre se fût déchirée, le soleil éclata dans le ciel, inondant tout de sa lumière d'or.

Les fleurs alors se redressèrent sur leurs tiges;

les sources se remirent à couler, roulant leur eau claire comme du cristal; les oiseaux chantèrent; la rosée perla le long des branches. Et sur la même branche où la rose était morte, un bouton, perçant sa coque verte, venait subitement d'éclore.

FIN

TABLE DES MATIÈRES

Coulommiers. — Imp. PAUL BRODARD.

BIBLIOTHÈQUE
DES ÉCOLES ET DES FAMILLES

HACHETTE & Cie